Maria Julia Maltese

O macaquinho que amava a lua

1.ª EDIÇÃO - CAMPINAS, 2021

MOSTARDA
EDITORA

É TRADIÇÃO AFRICANA EXPLICAR O MUNDO, A NATUREZA E AS PESSOAS COM HISTÓRIAS.

NORMALMENTE, ELAS SÃO CONTADAS DE PAI PARA FILHO, DE AVÓ PARA NETINHO. ASSIM, SEM ESTAREM ESCRITAS, COMO OUVIRAM POR AÍ.

NO CASO DO NOSSO MACAQUINHO, ELE ERA APAIXONADO PELA LUA. COMO ELA ERA LINDA!

O MACAQUINHO FAZIA DE TUDO PARA ALCANÇÁ-LA. NOITE APÓS NOITE, ELE SE ESFORÇAVA PARA CHEGAR ATÉ A LUA, MAS NUNCA CONSEGUIA.

UM DIA, ELE TEVE UMA IDEIA GENIAL...

COMBINOU COM OS OUTROS MACAQUINHOS, QUE POR ALI ERAM MUITOS, E LOGO NO CAIR DA TARDE UM COMEÇOU A SUBIR NOS OMBROS DO OUTRO ATÉ QUE FORAM CHEGANDO CADA VEZ MAIS PERTO DO CÉU.

QUANDO ANOITECEU E A LUA SURGIU NO HORIZONTE, LÁ ESTAVA NOSSO MACAQUINHO ESTICANDO SEUS BRACINHOS. A BELEZA DA LUA ERA ENCANTADORA E ELE NUNCA ESTEVE TÃO PERTO DE ABRAÇÁ-LA.

ESTICOU, ESTICOU... ESTICOU ATÉ QUE...

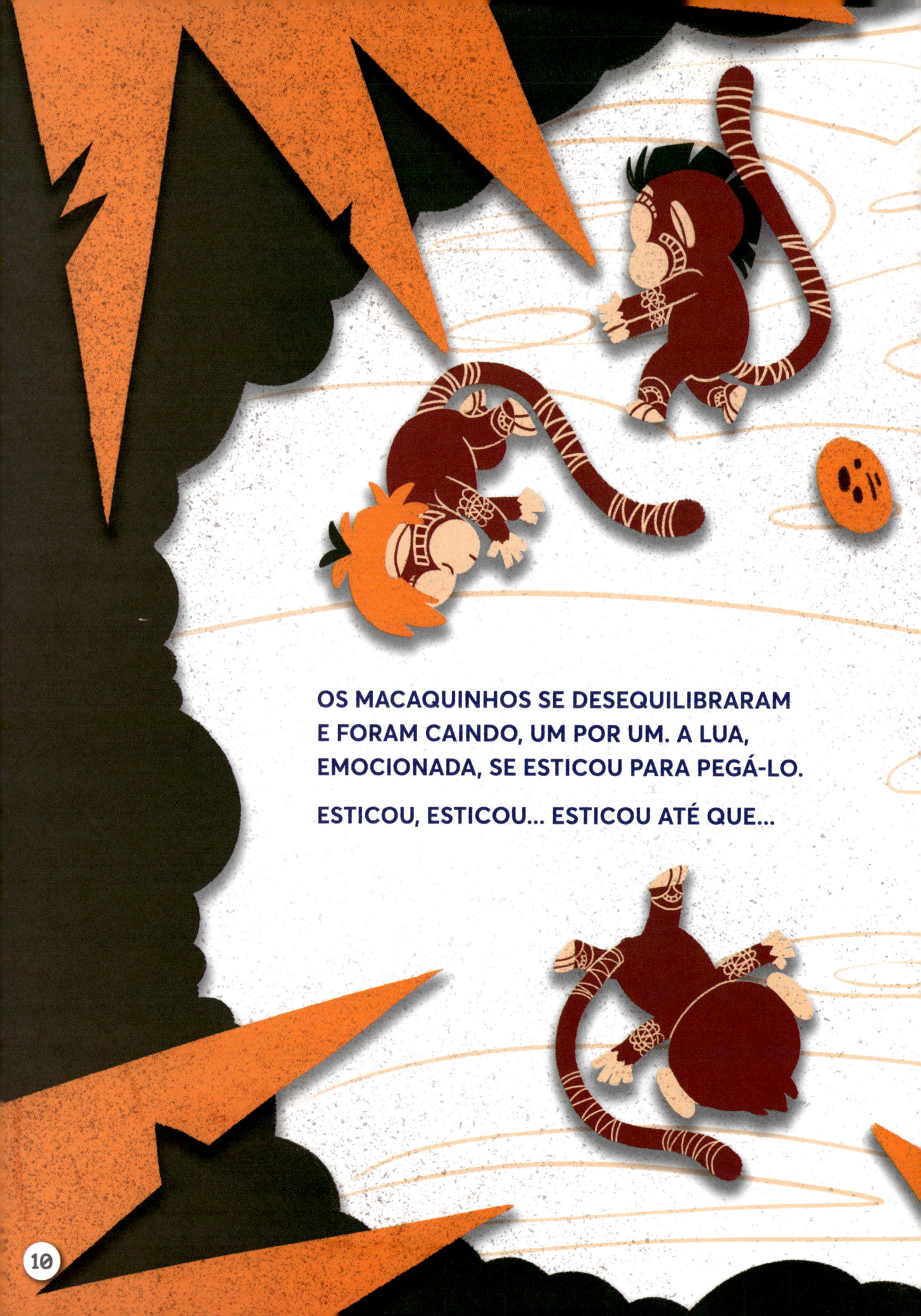

OS MACAQUINHOS SE DESEQUILIBRARAM E FORAM CAINDO, UM POR UM. A LUA, EMOCIONADA, SE ESTICOU PARA PEGÁ-LO.

ESTICOU, ESTICOU... ESTICOU ATÉ QUE...

A LUA SALVOU O MACAQUINHO!

POR SUA CORAGEM, A LUA PRESENTEOU O AMIGO COM UM TAMBORZINHO. ESSE INSTRUMENTO FAZIA UM SOM QUE O MACAQUINHO NUNCA TINHA OUVIDO.

ELE ADOROU! TOCAVA PRA LUA TODA NOITE. ERA UM BARULHO TÃO GOSTOSO QUE DAVA PRA SENTIR DENTRO DO PEITO.

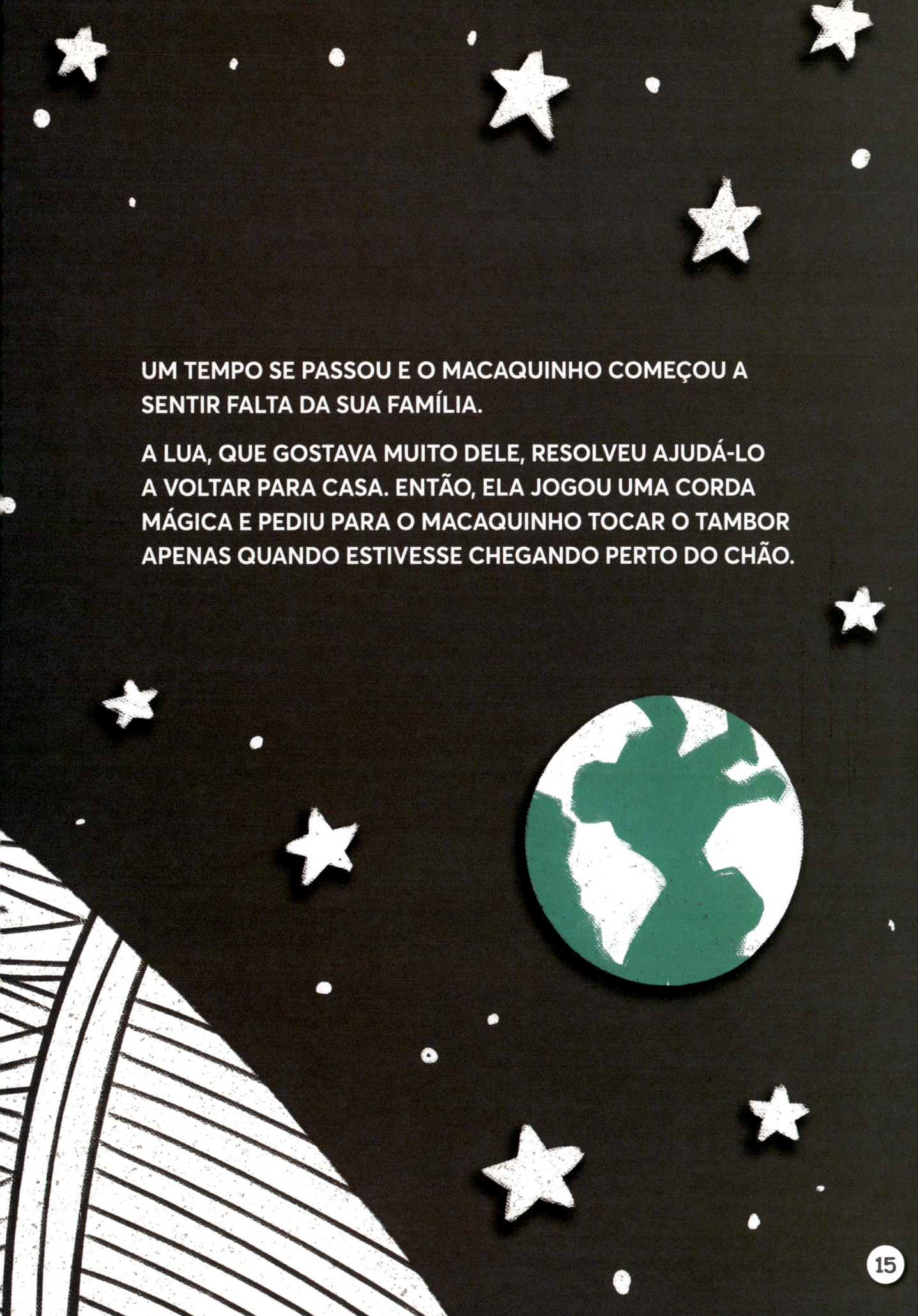

UM TEMPO SE PASSOU E O MACAQUINHO COMEÇOU A SENTIR FALTA DA SUA FAMÍLIA.

A LUA, QUE GOSTAVA MUITO DELE, RESOLVEU AJUDÁ-LO A VOLTAR PARA CASA. ENTÃO, ELA JOGOU UMA CORDA MÁGICA E PEDIU PARA O MACAQUINHO TOCAR O TAMBOR APENAS QUANDO ESTIVESSE CHEGANDO PERTO DO CHÃO.

AO SABER QUE VOLTARIA PARA CASA, O MACAQUINHO DESTA HISTÓRIA MAL SE AGUENTAVA DE TANTA ALEGRIA.

NEM PRESTOU ATENÇÃO NAS PALAVRAS DA AMADA LUA E JÁ DESCEU PELA CORDA.

ELE ESTAVA NO MEIO DO CAMINHO QUANDO AVISTOU SEUS AMIGOS E TOCOU SEU TAMBORZINHO PARA AVISAR QUE ESTAVA VOLTANDO.

A LUA ACHOU QUE O MACAQUINHO TIVESSE CHEGADO AO CHÃO E CORTOU A CORDA.

O QUE SE SABE É QUE FOI ASSIM QUE UMA MENINA ENCONTROU O TAMBOR E TODOS SE APAIXONARAM POR SEU SOM, ESPALHANDO ESSE INSTRUMENTO POR TODA A ÁFRICA.

JÁ O NOSSO MACAQUINHO... NUNCA MAIS FOI VISTO.

MARIA JULIA MALTESE

NASCI EM SÃO PAULO E GOSTO DE CONTAR QUE MINHA FAMÍLIA É UMA MISTURINHA BEM BRASILEIRA. NETA DE IMIGRANTES, DESCOBRI LOGO QUE QUANTO MAIS DIVERSO, MAIS RICO É O NOSSO UNIVERSO!

ESTUDEI PEDAGOGIA E TRABALHO ESCREVENDO E EDITANDO LIVROS. SEMPRE FUI MUITO CURIOSA. DESDE CEDO, APRENDI A BUSCAR CONHECIMENTO E ADMIRAR A POESIA DA SABEDORIA POPULAR. AQUELA QUE PASSA DE GERAÇÃO EM GERAÇÃO E QUE TRAZ O QUE HÁ DE MAIS BONITO EM CADA CULTURA.

ALGUÉM ME CONTOU QUE O ROMANCE DO NOSSO MACAQUINHO ACONTECEU LÁ NA ÁFRICA E QUE O SOM DO TAMBOR É SUA CANÇÃO DE AMOR PARA A LUA. POR ISSO, SENTIMOS COMO SE ELE TOCASSE NO NOSSO CORAÇÃO.

KAKO RODRIGUES

CRESCI CERCADO POR HISTÓRIAS EM QUADRINHOS E MANGÁS. O ESTÍMULO ERA GRANDE E SEMPRE ADOREI DESENHAR. QUANDO CRESCI NÃO QUIS PARAR E ME FORMEI EM DESIGN GRÁFICO.

É INCRÍVEL COMO UMA BOA HISTÓRIA PODE TOCAR E CONECTAR AS PESSOAS. EU ME DIVERTI MUITO REVISITANDO A ARTE AFROBRASILEIRA PARA ILUSTRAR A HISTÓRIA DESSE MACAQUINHO.

EDITORA MOSTARDA
www.editoramostarda.com.br
Instagram: @editoramostarda

© Maria Julia Maltese, 2021

Diretor editorial: Pedro Mezette
Produção editorial: A&A Studio de Criação
Editora: Andressa Maltese
Revisores: Marcelo Montoza
 Nilce Bechara
 Rodrigo Luis
Diretor de arte: Leonardo Malavazzi
Ilustrador: Kako Rodrigues
Assistente de ilustração: Lucas Coutinho

ISBN: 978-65-88183-17-5

Dados Internacionais de Catalogação na Publicação (CIP)
(Câmara Brasileira do Livro, SP, Brasil)

Maltese, Maria Julia
 O macaquinho que amava a lua / Maria Julia Maltese. -- 1. ed. -- Campinas, SP : Editora Mostarda, 2021.

 ISBN 978-65-88183-17-5

 1. Literatura infantojuvenil I. Título.

21-78186 CDD-028.5

Índices para catálogo sistemático:

1. Literatura infantil 028.5
2. Literatura infantojuvenil 028.5

Cibele Maria Dias - Bibliotecária - CRB-8/9427